AF309148

HYMNE

DE

S. CHARLES

BORROMEE,

CARDINAL ET

Archeuesque de Milan.

Par Mre Antoine Godeav, Euesque
de Grasse & Vence.

A PARIS,

Chez Pierre le Petit, Imprim. & Libraire
ordinaire du Roy, ruë Saint Iacques,
à la Croix d'Or.

M. DC. LII.

AVEC PRIVILEGE DV ROY.

HYMNE
DE
S. CHARLES
BORROME'E,

Cardinal & Archeuesque de Milan.

MVSE, qui d'vne sainte audace,
T'éleues iusques dans les Cieux,
Méprisant le front glorieux
Des deux Montagnes de Parnasse;
Messagere du Roy des Roys,
Chaste Interprete de ses Loix,
Descends du Globe des estoiles;
Et montre à mon cœur transporté,
Mais sans nuages, & sans voiles,
Tous les thresors de ta beauté.

A

Entre dans les jardins celeſtes
Dont les parterres touſiours verds,
Ne craignent point de nos hyuers
Les rauages les plus funeſtes ;
Forme des plus brillantes fleurs,
Dont la Gloire y peint les couleurs,
Une guirlande renommée ;
Et pour le plus Saint des humains,
Pour l'admirable Borromée,
Vien me la mettre dans les mains.

Docte Ouuriere de merueilles,
Il faut d'vn art induſtrieux,
Ioindre en ce chapeau precieux,
Les lys blancs, aux roſes vermeilles ;
Des Martyrs, Charles tient le rang,
Quoy qu'il n'ayt pas verſé le ſang
Qui couloit dans ſes chaſtes veines ;
Il n'eut ny Tyran, ny Boureau ;
Mais l'Amour, dans de longues peines,
Le fit Martyr de ſon Troupeau.

✿

Vierges, beaux Anges de la terre,
Qui dans vn corps, viuant sans corps,
Portez de si riches thresors,
Dans de fresles vaisseaux de verre;
Charles a choisi vostre Epoux,
Il porta des lys comme vous,
Il gagna la mesme victoire;
Et pour conseruer ces beaux lys,
Charles renouuelle la gloire
De vos Siecles enseuelis.

✿

Dans les Echoles de Pauie,
L'orgueil du Demon inhumain,
Tendit de doux pieges en vain
A l'innocence de sa vie.
La sainte lumiere des Cieux,
Descouurit tousiours à ses yeux
Le serpent caché sous le piege;
Et sa flâme au fond de son cœur,
De la volupté qui l'assiege,
En fit vn illustre vainqueur.

Un Ennemy remply de charmes,
Pour esbranler sa fermeté,
Employa ce que la beauté
A de plus puissant dans ses armes:
Elle luy lança ces regards,
Qui luy faisoient de toutes parts
Gagner mille nobles trophées;
Mais Charles rompit tous ses traits,
Ses flâmes furent étoufées,
Et ses plus forts charmes défaits.

Ainsi dans l'ardente fournaise
Où les Hebreux furent iettez,
Le feu pour eux, eut les clartez,
Et n'eut pas l'ardeur de la braise.
De doux & de plaisans Zephirs
Y firent aux jeunes Martyrs,
Ressentir leurs fraiches haleines;
Et de ces embrasez Tombeaux,
Les flâmes furent inhumaines
Seulement contre leurs Boureaux.

L'orgueilleux Tyran qui gouuerne
Auec vn dur sceptre de fer,
Le Peuple tremblant de l'Enfer,
En pleure au fond de sa cauerne:
Il gemit de voir vn Enfant,
Par vn exploit si triomphant,
Commencer sa course vaillante;
Renuerser desia ses Autels,
Et de sa lumiere naissante,
Eblouïr les yeux des mortels.

Quand pour oster le voile aux choses,
L'Aurore sur le front des Cieux,
Seme d'vn vase precieux,
L'or, parmy l'azur & les roses;
Tousiours le Midy du Soleil,
En lumiere, n'est pas pareil,
A la lumiere de sa source;
Et souuent au bord de Calis,
Auant qu'il finisse sa course,
On voit ses feux enseuelis.

L'Aurore du grand Borromée,
Où l'ardeur aux clartez se joint,
D'vn feu que les autres n'ont point,
Des-ja se fit voir enflâmée :
Son Midy pour ses ennemis,
Fut plus chaud que n'auoit promis,
La Grace naissante en son ame ;
Et quand il vint à l'Occident,
Ce Midy tout remply de flâme,
A peine parut-il ardent.

Il est-temps que Dieu qui l'éclaire,
Tire ce lumineux Flambeau,
De ce domestique Tombeau,
Où sa flâme est trop solitaire.
Il faut qu'à Rome il fasse voir,
Auec vn absolu pouuoir,
Vne innocence toute entiere ;
Et que sur ce grand Horizon,
Il répande cette lumiere
Que Milan tenoit en prison.

Son Oncle au throſne de Saint Pierre,
Où Dieu venoit de le placer,
Voyoit deuant luy s'abaiſſer,
Les plus grands throſnes de la Terre.
D'vn vol auſſi prompt qu'vn éclair,
Parmy les vaſtes champs de l'air,
A Milan, la nouuelle en vole ;
Tout s'émeut, & les plus Puiſſans,
A Charles, comme à leur Idole,
Offrent leurs vœux & leur encens.

Charles ſeul a cette nouuelle,
A l'eſprit comblé de douleur,
Et pour luy, nomme vn grand mal-heur,
Ce que ſa fortune en appelle.
Il pleure, & l'on ſe réjoüit,
Où l'œil des autres s'éblouït,
Il ne voit rien qui l'ébloüiſſe ;
Ce Pontife ſi glorieux,
Luy paroiſt ſur le precipice,
Quand on le croit proche des Cieux.

Contre le Vaiſſeau de l'Egliſe
Tous les vents ſouflent déchaiſneʒ,
Les Heretiques mutineʒ
De le perdre, ont fait l'entrepriſe.
Luther de ſes barbares mains,
Contre luy, parmy les Germains,
Excite vn dangereux orage ;
Et Caluin, parmy les François,
Veut en vn ſemblable naufrage,
Enſeuelir toutes ſes Loix.

Il voit au fort de la tempeſte,
Qu'éleue l'orgueil du Demon,
Que Pie en a pris le timon,
Et qu'à le conduire il s'apreſte.
Il ſçait que ce Vaiſſeau diuin,
Malgré Luther, malgré Caluin,
Ne peut s'abiſmer quoy qu'il flote ;
Mais voyant la fureur de l'eau,
Son amour craint pour le Pilote,
S'il ne craint pas pour le Vaiſſeau.

En

En cette ſainte inquietude
Dont ſon eſprit eſt agité,
Il recourt à l'auſterité,
Aux veilles, à la ſolitude;
Durant le calme de la nuït,
Il pleure, il ſoûpire ſans bruit,
Deuant Dieu, ſon cœur il déploye;
Et Pie, en cét heureux moment,
Où des autres il fait la joye,
Fait & ſa crainte, & ſon tourment.

Il faut enfin pour le reſoudre
A quitter le natal ſéjour,
Que Pie oubliant ſon amour
Menace ſa teſte du foudre,
Lors il obeït à la voix
Du grand Paſteur, de qui les droits
Sont abſolus ſur les Fideles;
Et dans Rome, il vient receuoir,
Auec des bontez paternelles,
Le partage de ſon pouuoir.

Cinq luſtres n'auoient pas encore
Fait pour luy leur rapide tour,
Depuis que ſon œil voit le iour,
Se leuer au riuage More;
Mais ſon eſprit eſt deſ-ja meur,
Le Ciel de ſon feu le plus pur;
Des ans a purgé la foibleſſe;
Il eſtonne le Champ de Mars,
Et ſon admirable jeuneſſe,
Fait honte aux plus ſages vieillars.

La Cour en foule l'enuironne
Mais il connoiſt bien que la Cour,
A plus de reſpect, & d'amour,
Pour ſon rang, que pour ſa perſonne:
Il ſçait que chaque Adorateur,
Eſt vn vain & lâche flateur,
Qui de ſes hommages ſe joüe,
Et d'vn culte auſſi diligent
Sert des Dieux qui ſont faits de boüe,
Que des Dieux faits d'or, & d'argent.

Mais bien-toſt cette *Cour flateuſe*
Voit en luy des dons éclater,
Qu'il ne luy falut point flater
Par vne peinture menteuſe ;
De ſes mœurs l'auguſte ſplendeur,
La ſimplicité, la candeur,
Firent bien-toſt taire l'enuie,
Il fut ſa viuante leçon,
Et l'innocence de ſa vie,
N'eut le crime, ny le ſoupçon.

La Pourpre à ſes yeux paroiſt teinte
Non pas de la main des mortels,
Mais du ſang, dont ſur nos Autels,
On offre la Memoire ſainte ;
Il voit en ce miroir ardent,
L'amour pur, le Zele prudent,
Que ſon rang illuſtre deſire
Et ſon éclatante ſplendeur,
Luy ſert d'vn ſigne de Martyre ;
Plutoſt que d'vn ſigne d'honneur.

A le voir du foin de l'Eglife,
Dans fa jeuneffe, fe charger;
Lors qu'vn fi vifible danger
Accompagne fon entreprife:
Il femble en audace pareil,
A ce jeune Fils du Soleil,
Qui penfa brufler l'Hemifphere,
Quand d'vn deffein audacieux,
Montant dans le Char de fon Pere,
Il voulut éclairer les Cieux.

Ce n'eft point vne ieune audace
Qui porte Charles vainement
Au fuprême gouuernement,
La voix de Dieu mefme l'y place.
Auffi n'eft-il point eftonné,
Lors qu'il fe voit enuironné
D'Ennemis qui luy font la guerre;
Et durant fon penible tour;
S'il embrafe toute la Terre,
C'eft d'vn embrafement d'amour.

Ainſi le Roy de la lumiere,
Qui nous meſure les ſaiſons,
Voit des Monſtres dans ſes maiſons,
Sans que ſon Char tourne en arriere :
Deuant l'ardeur de ſon flambeau,
Et le Belier, & le Taureau,
Baiſſent leurs lumineuſes cornes,
Le Lyon ardent s'adoucit,
Et dans de plus eſtroites bornes,
Le Scorpion ſe racourcit.

Lors que ſon Egliſe l'appelle
Il rompt auſſi-toſt ſes liens,
Le credit, les charges, les biens,
Cedent à l'ardeur de ſon Zele :
Elle le reçoit à genoux,
Elle attend de ce Saint Epoux
La fin de ſes longues miſeres ;
Et croit paroiſtre deſormais,
Comme aux plus beaux temps de ſes Peres,
Brillante de diuins attraits.

Milan est couuert des tenebres
De l'ignorance & de l'erreur,
Le Demon y regne en fureur,
Sur les Testes les plus celebres;
La fourbe s'y reduit en art,
L'amitié s'y couure de fart,
Le cœur y dement les paroles,
L'interest y donne la loy,
Et comme d'antiques Idoles,
On conte l'Honneur, & la Foy.

En ombre la clarté s'y change,
Le Vice loin de s'y cacher,
S'y montre, y regne, y fait pecher,
Auec vne haute loüange.
La majesté de la Vertu,
Gemit sous son throsne abbatu,
On la mesprise, on l'abandonne;
Et dans cét abandonnement,
Comme d'vn prodige on s'estonne,
De luy voir faire quelque Amant.

Ce Monstre qui n'a point d'oreille
Pour les conseils de la raison,
Que nourrit son propre poison,
Que la seule rage conseille ;
La hayne au cœur remply de fiel,
D'horreur y fait fremir le Ciel,
Par les excés de sa furie ;
Et le Seigneur, de tous costez,
Oyt vne voix de sang, qui crie
Vengeance de ses cruautez.

Cette agreable Enchanteresse
Qui trempe dans vn doux venin,
Ce trait qui semble si benin
Au premier moment qu'il nous blesse ;
La molle, & douce Volupté,
Y brusle auec impunité,
Mille cœurs de sa flâme impure ;
Et n'y donne dans les plaisirs,
D'autre loy, ny d'autre mesure,
Que le goust, & que les desirs.

Les ſacrez Miniſtres des Temples,
Y deshonorent les Autels,
Et des crimes les plus mortels,
Y donnent de plus noirs exemples:
Les Paſteurs tirent des brebis,
La nourriture, les habits,
Boiuent leur lait, tondent leur laine;
Et ſans ſoin d'vn Troupeau ſi doux,
Le laiſſent errer dans la plaine,
En proye à la rage des loups.

Ceux qu'vne ſainte ſolitude,
Par le vœu tenoit attachez,
En ont tous les nœuds relâchez,
En haïſſent la ſeruitude:
Ils laiſſent leurs bois innocens,
Ils prennent la loy de leurs ſens,
Leurs fautes ne ſont plus ſecretes;
Et dans ce noir égarement,
On voit ſe changer en Cometes,
Les Eſtoiles du Firmament.

Les

Les Vierges, ces chastes Epouses
Du chaste Fils du Roy des Rois,
De son amour, ni de ses loix,
Ne sont plus saintement ialouses:
Au lieu de luy donner des pleurs,
De sentir ses seules douleurs,
De luy consacrer tous leurs charmes;
Tous ces sentimens sont bannis,
Et quand elles versent des larmes,
C'est pour le trépas d'Adonis.

Charles, voulez-vous donc conduire,
Ce Troupeau grondant de fureur,
Qui fait gloire de son erreur,
Et qui hait qui le veut instruire?
Dans la crainte d'estre conduit,
Chacun s'allarme, fait du bruit,
A la défense se prepare,
Medite des rebellions,
Et dans cette guerre barbare,
Les Brebis seront des Lyons.

C

Mais la guerre la plus cruelle,
A Charles n'oste point le cœur,
Et pour en demeurer vainqueur,
Au secours, la Grace il appelle.
Il a tousiours les yeux ouuerts,
Il suffit à cent soins diuers,
Dans son Zele il se montre sage ;
Et ce Zele tousiours nouueau,
Dort encore moins que la rage
De l'Ennemy de son Troupeau.

Son esprit iamais ne repose,
Son esprit n'est iamais lassé,
Et quand vn trauail est passé
Un plus penible il se propose.
Il prie, il menace, il promet ;
S'il punit, c'est auec regret,
Mais il punit auec courage,
Lors que par la punition,
Il faut arrester le rauage
D'vne grande corruption.

Auec ceux qui ſe réjoüiſſent,
Ce grand Paſteur ſe réioüit,
Et ſans les flater, il ioüit
De tous les biens dont ils ioüiſſent.
Auec ceux qui verſent des pleurs,
Il pleure, & pleignant leurs mal-heurs,
Il fait bien-toſt ceſſer leur plainte;
Auec le brutal, il eſt doux,
Enfin, par ſa Charité ſainte,
Il eſt toutes choſes à tous.

S'il parle, encore qu'il n'employe
Ni ſens, ni diſcours recherchez;
Il n'eſt, ni pecheurs, ni pechez;
Qu'il n'abbate, qu'il ne foudroye.
Son diſcours n'eſt pas vn éclair,
Qui brille vn moment parmy l'air,
Sans diſſiper ſa nuit profonde;
C'eſt vn Aſtre touſiours brillant,
Dont la flame claire, & feconde,
A touſiours vn éclat brûlant.

✻

A la parole, il joint l'exemple,
Son cœur ne se dement iamais;
On le voit pur dans le Palais,
Comme on le voit pur dans le Temple.
La Penitence, l'Oraison,
Bannissent loin de sa maison
L'éclat du luxe magnifique;
Sa Famille en vertu reluit,
Et c'est l'Eglise domestique
Où son Diocese s'instruit.

✻

Aux pieds il foule les richesses,
Et pour secourir son Troupeau,
Il verse l'or comme de l'eau,
Dans ses charitables largesses.
En luy les pauures ont tousiours,
Vn inépuisable secours,
Pour leur indigence cruelle;
Et quand, sans qu'il leur ayt rendu
Quelque assistance paternelle,
Le iour passe, il le croit perdu.

Il est le Mary de la Veuue,
Et le Pere de l'Orphelin,
Son Zele, en leur mauuais destin,
Est pour eux tousiours à l'espreuue.
Contre l'effort des plus Puissans,
Il sert aux foibles innocens
De Protecteur inébranlable ;
Tout cede à son cœur genereux,
Et pour le trouuer fauorable,
Il suffit d'estre mal-heureux.

Milan, à la haute puissance,
Luy voit ioindre l'humilité,
La douceur, l'affabilité
La modestie, & l'innocence.
Nuls maux ne peuuent le troubler,
Nulles fatigues l'accabler,
Nulles delices le seduire,
Nulles promesses l'éblouïr,
Nul propre interest le conduire,
Et nul faux bien le réjouïr.

Charles, par cét art admirable
De combatre ses Ennemis,
Voit l'orgueil du Demon soûmis
Au joug de la Croix adorable:
Si par tout le Vice ne fuit,
Au moins ce n'est que dans la nuit,
Qu'il commet ses œuures tragiques;
Il cede à l'honneste pudeur,
La Foy regne, & les mœurs antiques
Reprennent leur vieille candeur.

Alors la Haine ouure l'oreille,
Aux saints aduis de la raison,
Elle deteste son poison,
Et la Charité la conseille;
Elle perd l'aigreur de son fiel,
Pour venger la gloire du Ciel,
Elle entre contre elle en furie;
Et ses larmes, de tous costez,
Sont vne voix d'amour, qui crie
Le pardon de ses cruautez.

D'vne infidelle Enchantereſſe,
On craint l'agreable venin,
Plus ſon trait ſemble eſtre benin,
Plus on a de peur qu'il ne bleſſe.
Les fureurs de la Volupté,
Ne trouuent plus d'impunité,
Les ames ayment d'eſtre pures,
La Vertu conduit les deſirs,
Et l'Euangile eſt la meſure
Par qui ſe reiglent les plaiſirs.

On voit les Miniſtres des Temples,
Seruir ſaintement les Autels,
Et de l'innocence aux Mortels
Monſtrer les plus nobles exemples.
Les Paſteurs donnent leurs habits,
Pour couurir leurs cheres Brebis,
Lors qu'elles ont perdu leur laine ;
Et ce Troupeau leur eſt ſi doux,
Qu'ils veillent touſiours dans la plaine,
De peur de la rage des Loups.

Les Moynes dans leur solitude,
Ayment à se voir attachez ;
Des nœuds qu'ils auoient relâchez,
Ils benissent la seruitude.
Ils ayment leurs bois innocens,
Ils refusent tout à leurs sens,
Leurs grandes vertus sont secretes ;
Et par vn heureux changement,
Ceux qui parurent des Cometes,
Sont des Astres du Firmament.

Du Seigneur les chastes Epouses,
Le preferent à tous les Roys ;
De son honneur, & de ses loix,
Elles sont ardemment jalouses.
Songeant à ses longues douleurs,
Leurs yeux dans des torrens de pleurs.
Se plaisent à noyer leurs charmes ;
Tous autres pensers sont bannis,
Et la Grace esteint dans leurs larmes,
Toutes les flâmes d'Adonis.

D'vne

D'vne confuſe Babylone,
Où regnoit l'impudicité,
Milan deuint vne Cité
Où la Grace eſt comme en ſon throſne.
Du grand ſuccés de ſon trauail,
Du changement de ſon bercail,
Charles à toute heure s'eſtonne,
Et dans vne amoureuſe foy,
Il en offre à Dieu la couronne,
Et garde le trauail pour ſoy.

Ainſi durant le regne ſombre
De l'Hyuer aux cheueux moüillez,
Des bras des arbres deſpoüillez
Il tombe des feüilles ſans nombre :
Les champs, les jardins les plus verds,
De frimats, de neiges couuerts,
Monſtrent vne effroyable face ;
Et les eaux, dans leur lit natal,
Sentent deſſous vn frein de glace
Durcir leur liquide cryſtal.

D

Mais lors que du froid Capricorne
Le Soleil retire ses feux,
Et que du Belier lumineux,
Il touche la brillante borne ;
Les forests éclatent de vert,
Le sein de la Terre est couuert,
D'vn riche esmail de fleurs nouuelles ;
Et d'vn cours libre, & diligent,
Les sources qui semblent plus belles,
Font rouler leur liquide argent.

Ce n'est pas que Charles sans peine,
Sans Riuaux, & sans Ennemis,
Aux loix de l'Eglise ayt soûmis
De Milan la teste hautaine.
Sous des pretextes specieux,
Des Gouuerneurs audacieux
Souuent trauerserent ses œuures ;
Mais Dieu fut tousiours son apuy,
* Ce sont les Armes de Milan.   *Et le siflement des* Couleuures*
Ne fut point venimeux pour luy.

Le Demon qu'il comble d'outrages,
Sort de ſes tenebreux cachots,
Il fait pour troubler ſon repos,
Souleuer cent triſtes orages :
Il vnit contre ſes deſſeins,
Les Pecheurs auecque les Saints,
Il nomme ſon Zele, imprudence,
Ses careſſes, deſloyauté,
Sa compaſſion, inconſtance,
Et ſa conſtance, cruauté.

Quand il voit cét Homme celeſte
De tous les orages vainqueur,
La rage à ſon perfide cœur
Inſpire vn deſſein plus funeſte.
Sous la forme d'vn Apoſtat,
Il veut par vn lâche attentat,
Mettre la couronne à ſes crimes,
Et rauir d'entre les Mortels,
Celuy qui rauit les victimes,
Et l'encens à tous ſes Autels.

Il délache l'arme enflâmée,
Le feu brille comme vn éclair,
Et d'vn fon aigu, parmy l'air,
Sifle la bale enuenimée.
Charles reçoit le coup brûlant,
Sans que fon effort violent
Imprime qu'vne trace noire ;
Sainte Merueille de nos yeux,
Clair Monument de fa victoire,
Et de la puiffance des Cieux.

Du Saint la Famille s'eftonne,
Mais il fait ferme dans le lieu
Où fon ame, aux deffeins de Dieu,
Dans la priere, s'abandonne.
Sous le noir manteau de la nuit,
Le lâche criminel s'enfuit,
Charles défend qu'on le pourfuiue,
Il le voit d'vn œil paternel
Comme vne brebis fugitiue,
Et non pas comme vn criminel.

Ainſi lors que tombe la foudre
Sur la pointe d'vn vieux rocher,
Qui dans le Ciel ſe va cacher,
L'œil trompé croit qu'il eſt en poudre:
Il fume, il eſt couuert de feux,
De ſon ſein, ſort vn bruit affreux,
Et l'on diroit qu'il ſe dépite;
Mais dans cét aſſaut vehement,
Il demeure ſans qu'il s'agite,
Affermy ſur ſon fondement.

Une ardente & maligne Peſte,
Commence auec le nouuel an,
Et ſur le ſuperbe Milan,
Elle décoche vn trait funeſte:
Il vole le iour, & la nuit,
La Mort auec ſa faux, le ſuit,
Et moiſſonne tout ce qu'il bleſſe;
Rien ne reſiſte à ſa fureur,
Tout eſt abbatu de triſteſſe,
Et tous les objets font horreur.

A cette attaque violente,
Milan, aux defordres ouuert,
Deuient vn horrible defert,
Et n'a plus fa foule opulente.
Charles fe voit abandonné,
Mais fon cœur, loin d'eftre eftonné,
S'arme d'vne nouuelle force ;
A la fuite on le veut porter ;
Et le peril eft vne amorce,
Qui l'oblige de s'arrefter.

Il voit que pour punir les crimes,
Des vains, & perfides Mortels,
La Pefte, aux pieds des faints Autels,
Offre fes Brebis pour victimes.
Pour elles il brufle d'amour ;
Pour elles, à Dieu nuit & jour,
Comme victime, il fe prefente ;
Et fon inconfolable ennuy
Eft de voir que la Pefte ardente,
Pour elles, ne veut point de luy.

Il les soulage, il les console,
Par ses soins, & par ses discours,
Et dans ce paternel secours,
Les effets passent la parole.
Il les visite, il ne craint pas
L'horreur d'vn visible trépas,
La vie est le bien qui luy reste;
Et pour son Troupeau bien aymé,
Le plus ardent trait de la Peste
Moins que son cœur, est enflamé.

Quelles vertus, quelles merueilles,
Ne s'offrent encore à mes yeux!
Que leur nombre est prodigieux!
Quel riche sujet de mes veilles!
Muse, qui m'agitois le cœur,
Ie connois que ton feu vainqueur
Hors de mon ame se retire;
Ie te permets de me quiter,
Et ie veux bien ne pouuoir dire,
Ce que ie voudrois imiter.

Extraict du Priuilege du Roy.

PAR grace & Priuilege du Roy, en date du treizié-me Septembre 1651. Signé CONRART, & fcellé. Il eſt permis à Meſſire ANTOINE GODEAV, Eueſque de Graſſe & Vence, de faire imprimer, vendre & diſtri-buër par tel Imprimeur ou Libraire qu'il voudra choiſir, *Toutes les Oeuures Morales & Chreſtiennes*, tant en proſe qu'en vers, par luy compoſées, & ce pour le terme de quinze ans, à compter du iour que chaque Volume, ou Diſcours fera acheué d'imprimer · Auec defenſes à tous Impri-meurs de les contrefaire, & à tous Libraires de les vendre & diſtribuër, ſans la permiſſion dudit Eueſque, ſous peine de trois mille liures d'amende.

Et ledit Seigneur Eueſque, a permis à PIERRE LE PETIT, Imprimeur & Libraire ordinaire du Roy, d'im-primer, vendre & diſtribuer *l'Hymne de Saint Charles Bor-romée, Cardinal & Archeueſque de Milan*, par luy compoſé, ſuiuant l'accord fait entr'eux.

Acheué d'imprimer pour la premiere fois, le 12. Ianuier 1652.